AF313795

PENSÉES

par

AUGUSTE BOUTIN

Addition avec une nouvelle Préface

de M. ANDRÉ LEBEY

CHEZ L'AUTEUR
26, RUE LAVIEUVILLE
PARIS (18ᵉ)

PENSÉES

par

AUGUSTE BOUTIN

Addition avec une nouvelle Préface

de M. ANDRÉ LEBEY

PRÉFACE

Le dernier mot de la vie est-il d'afirmer qu'elle
ne renferme rien, ou de chercher ce qu'elle
demeure susceptible de contenir, serait ce au
delà de son présent immédiat, puis de sa limite ?
Dans le premier cas, mon excellent ami Boutin
se définit le modèle du sage. Dans le second, sa
sagesse ne dissimulerait-elle pas, du fait de sa
certitude inexorable, une insuffisance ? Se mon-
trer implacable n'aboutit pas à être inéluctable-
ment véridique. La science reste susceptible de
se tromper avec logique, pendant que le sentiment aboutit au même résultat par sa fantaisie.
Des deux erreurs, quelle est la moins funeste ou
la plus agréable ? Ne serait-ce pas entre elles que
se maintient le cours plus ou moins régulier de
l'existence ?

Il ne semble point que l'Humanité se soit
prolongée le long des siècles en s'enfermant
uniquement dans une conception absolue du
réel. Il apparaîtrait même qu'afin de mieux

posséder celui-ci, elle l'ait presque toujours dépassée. A son dam, certes, souvent, puisqu'il n'est rien qui ne comporte des excès, presque naturels ; plus fréquemment, néanmoins, à son avantage, dans l'ensemble. Puisqu'il s'impose que les inquiétudes à quoi se résout, selon l'auteur, la somme des recherches philosophiques, lui demeurent inhérentes au point de survivre, sous d'autres formes, aux inanités successives de son expression, découvertes les unes après les autres, on est en droit de se demander s'il ne deviendrait pas plus salutaire de discipliner cette angoisse en l'utilisant au mieux de l'action créatrice, de plus en plus urgente, — tout le démontre, — que de tenter l'impossible, par conséquent l'impraticable, c'est-à-dire de s'imaginer qu'elle se trouve détruite parce que rejetée avec dédain. Il resterait aussi à prouver que ces philosophies n'ont pas augmenté l'être, ce qui n'a jamais été fait. Le genre humain refuse visiblement une conclusion trop normale, encore qu'il tienne à toujours la retrouver dès qu'il en a de nouveau les moyens, aussitôt qu'il parvient à s'en procurer le luxe. Le fait qu'une pareille condescendance, — serais-je plus sceptique, après tout, que celui dont je réfute le scepticisme absolu ? — ait tort au point de vue de l'abstraction différente, mais égale, que la Raison pure déduit, ne se démontre, au fond, que par des procédés identiques à ceux des dogmes religieux. Ne vaudrait-il pas mieux tendre à faciliter la difficulté qui consiste pour l'intelligence humaine à se tenir dans le juste milieu de l'approximation active qui assure sa stabilité ? L'anti-religieux total qu'est le penseur de ce petit recueil finit par envoyer les femmes à confesse (367), ce qui est une manière bien homéopathique de les guérir avec ce qu'il combat.

Il nous jure qu'en dehors de la science il n'existe pas de certitude. Pourtant les certitudes de la science sont successives, contradictoires, donc incertaines. La médecine, qui s'y réfère, change ses ordonnances d'année en année, de mois en mois. Telle drogue qui guérissait à telle date, s'achemine vers l'effet contraire à telle autre. Il y a dix ans, les tomates, surtout crues, sous forme de rougail, renouvelaient, — Esculape le garantissait ! — les arthritiques ; maintenant la majorité, peut-être encore moliéresque, qui dessert le Temple insaisissable, — mais scientifique, — assure que le même suc les corrode, puis les détruit, en attendant qu'il soit réhabilité, ce qui serait en route. Au fait, s'offre-t-il identique ? Il est loisible, effectivement, de soutenir que des engrais neufs, compliqués, savants, — d'autant plus scientifiques, — en ont changé l'essence, et sans doute doit il en être de la sorte. La nôtre aussi pourrait n'être plus la même, sous l'action curative de tant de médicaments immémoriaux. Ce qui tend à prouver que les idées, à la façon des remèdes, sont une question de latitude historique, de date, d'opportunité.

A si peu de jours du centenaire de Berthelot qui sentait, quant à lui, ces nuances génératrices de couleurs, au point de rendre une part d'hommage aux alchimistes, — extrême indépendance pour son temps, — on se demande si l'art de guérir physiologiquement n'entre pas dans une phase assez redoutable d'incertitudes où les expériences innombrables, hasardeuses le long de leur audace, subies par les patients, n'ont pas fait oublier, peu à peu, des acquisitions antérieures, empiriques évidemment, moins nocives par ailleurs, grâce à une longue accumulation de preuves et s'il n'eut pas été bon de soutenir par elles les découvertes extrêmes les plus récentes.

Où la certitude en tout cela ? La science cherche, comme le reste : Politique, Pensée, Philosophie. Mon ami ne peut me reprocher ma prudence. N'a-t-il pas écrit (318) : « Il est de notre imperfection de ne voir qu'un aspect de la vérité. De notre orgueil d'affirmer que cet aspect est la vérité tout entière ».

Dans l'ordre psychologique nous évaluons une époque, par plusieurs côtés atroce, par d'autres passionnante, par ailleurs pareille à pas mal

d'autres, car nous nous en imposons beaucoup
en dissertant à l'infini sur ses tares, comme en
décrétant sa soi-disant malédiction, où, après
avoir tout détruit, il s'avère aux plus satisfaits,
— de moins en moins nombreux, n'est-ce pas ?
— qu'il s'agit de reconstruire. L'évidence de
cette constatation en amène une autre, presque
aussi probable, à savoir que le scepticisme,
excellent en tant que vaccin, à doses mesurées,
afin d'éviter toute exagération, ne suffit plus. Il
s'agirait donc moins d'apprendre à nier ce qui a
cessé son oppression, que d'enseigner à croire
ce qui se démontre bienfaisant. Autour de
cette nécessité qui domine au même titre le
croyant et l'incroyant, un effort collectif de
remise au point, puis d'architecture, aurait lieu,
selon moi, d'être entrepris. Si j'avais, pour
reprendre un mot de Renan, la manie de la certitude, j'irais jusqu'à dire que j'en suis sûr. J'en
reste, du moins, persuadé. — Ici encore, le dé-
vouement de mon ami Boutin, loin de me dé-
mentir, « compatit » (313) trop avec moi à la
misère où nous ont plongés des politiciens sans
réalisme (338) pour n'en être pas convaincu.
Loin de le contredire donc, je le précise.

Après la préface de son recueil précédent, je
ne puis que me répéter d'une autre manière, et
je m'excuse des deux. Je le prierais volontiers
de dégager de lui-même, la prochaine fois, les

sentiments moins hostiles qui tissent le canevas de ses jours, au rythme de son cœur, à tel point qu'il ne s'en aperçoit plus et, pour s'en abstraire, cherche les négations qui le défendraient contre sa bonté.

L'amertume étrange avec laquelle il parle des jeunes filles ne cacherait-elle pas le regret de ce qu'elles furent? Il n'y aurait rien de pis, en tous cas, justement à cause des complications dans lesquelles ils se débattent, que de diminuer nos propres enfants. Il n'est que de lire *Le Grand Meaulnes*, de ce charmant Alain Fournier, tué à la guerre, — et l'on devine de suite pourquoi j'ai choisi cet exemple entre cent, de préférence, — pour se rendre compte de la séduction adorable dont un homme peut revêtir une jeune fille qui la possède déjà. Pas un de ceux qui ont tenu ce roman entre leurs mains, sous leurs yeux, à portée de leur songe, par une soirée propice, ne peut oublier l'apparition de Mlle de Galais. Pour qui sait regarder et voir, nous sommes au seuil d'un âge où tout redevient facile de ce qui a constitué la délicatesse française envers la femme le long de notre histoire. Je me sépare ici entièrement de l'auteur et, cette fois, je lui propose de se rendre compte que, du fait des circonstances, la jeune fille moderne, — celle qu'on a un peu trop généralisée, vraiment, dans *La Garçonne*, — a du moins perdu la naïveté

ancestrale,qu'on a prétendue si sotte,sans qu'elle
le fut autant, loin de là.

Je n'y ai jamais souscrit pour ma part et
j'avoue plus de confiance, plus de sympathie,
plus d'admiration même, parfois en songeant à
certaines d'entre elles, si rares qu'elles se présentent aux regards superficiels, qui seront les
mères de demain.

Acceptez enfin, — il serait temps ! — la
différence essentielle qui sépare l'avant guerre
de ce qui l'a suivie, sur un point, notamment, où
s'inscrit notre recul : le dix-huitième, le dix-
neuvième et le début du vingtième siècle, ont eu
la passion de l'avenir,au point qu'ils en vivaient,
peut être.Nul citoyen alors qui n'en fit un refuge.
Nous avons perdu presque tout de cet appétit.
Non seulement nous ne croyons guère à ce qui
doit venir, mais il se manifeste que nous le
redoutons, comme si le lendemain devait entraî-
ner pire encore que ce qui subsiste du passé dans
le présent, dépourvu d'ordre, de repos, de joie.
Notre tendance incline vers ce qui n'est plus,
dont elle recherche les ruines éparses, à la manière d'une veuve dont les négligences y auraient
égaré quelques secrets perdus, nécessaires. Condition toute nouvelle, un peu inquiétante, par
ailleurs, de ce qui se trouve à cette heure trouble
sur la terre. En dépit de tout, naturellement, le
modernisme a raison, puisqu'il occupe le carre-

four inévitable de ce qui se lèvera devant nos pas, où nous retrouverons les raisons de nos délices, et il convient de s'en persuader ; encore faut-il que les conditions de la vie le permettent en maintenant quelque régularité par instants possible.

Qu'on nous laisse donc respirer, à l'occasion, le parfum, peut-être désuet, mais bénéfique, qui montait des mœurs solides, aussi bien que des usages mesurés, de nos ancêtres. Ce serait une précaution dont j'augure que nous éprouverions du bien. A la faveur d'un mariage anglo-français, je m'en rendais compte ces jours-ci. Il n'était pas jusqu'à l'opposition des deux familles obstinées à maintenir, au nom d'intérêts mal compris, l'hostilité que l'amour réciproque de leurs deux enfants dépassait avec tant de sagesse, qui ne me l'ait démontré. Du côté de ma patrie, des railleries, plus ou moins fines, des amertumes, plus ou moins justifiées, tenaient la place du sérieux comme de l'affection totale. De l'autre, quelques fautes équivalentes, moindres, parce qu'elles étaient commises, la plupart, au nom d'une tradition respectable, au lieu de s'étiqueter d'ironie ; quelle grandeur, quelle puissance ! On mesurait, chez les Britanniques, tout ce que représente encore le mariage.

Je n'oublierai jamais, dans mon pays normand, la veillée du soir autour de la jolie jeune

fille qui allait partir. C'était dans une vieille
demeure, arrangée avec ce goût sobre, tradition-
nel et neuf, peut-être un peu froid, mais sûr,
qu'affirment spontanément les Anglais cultivés.
Le dîner, le toast nocturne, la gravité réservée,
souriante et profonde, qui entourait la jeune
fiancée, tout recréait, à travers le temps, ce
qu'un homme véritable a su faire revivre, au
battement de son cœur, vers le rêve conjugal, ce
qu'il a dressé de plus noble, à son sommet, pour
le culte du plus légitime amour. Comment croire
que l'être ainsi préparé n'en conservera pas toute
sa vie durant l'illumination à la fois laïque et
religieuse? Je garde, comme un réconfort, au
milieu du chemin de ma vie, la belle vision de
trois jeunes filles dans leurs robes du soir, devant
un de ces grands feux de bois aux longues bûches
dont toutes les flammes pétillent en montant
haut à travers les vastes cheminées campa-
gnardes. L'élue du lendemain et ses deux demoi-
selles d'honneur, souriantes, mais réfléchies,
parmi ceux et celles dont les vœux palpitaient
comme les fortes flammes victorieuses de l'hiver,
avaient une délicate noblesse, faite de leurs
années gardées loyalement, qui préparaient,
quant à elles, l'avenir, véritablement, et le feu
qui symbolisait celui même du foyer dans la nuit
froide de décembre, perpétuait, même contre ce
qui pourrait, à la rigueur, advenir par la suite,

l'assurance éternelle que les êtres forts, les races résistantes, les grands peuples, sont ceux qui donnent au mariage, — par conséquent à la jeune fille, — toute sa consécration. Il avait vu juste, cet Ordre de Fontevrault que célèbre Renan dans l'*Abbesse de Jouarre*.

Agissez de même, mon cher censeur, justement parce que vous en avez pratiqué toutes les tares, vis-à-vis de l'humanité. Celle-ci est ce que chacun la fait avec ses sentiments, et elle se manifeste, dévoyée peut-être, si déplorable, parce que les instincts de beaucoup deviennent de plus en plus mauvais. Ne me répliquez pas que le tableau précédent ne projetait les réflexions dont je vous fais part qu'en moi-même ; elles nous pénétraient tous, toutes, différemment ; leur union composait l'atmosphère de la scène mémorable dont je ne suis ici que l'interprète aussi imparfait que modéré.

L'honnête et avisé conseiller financier que vous maintenez depuis si longtemps, — phénomène rare, — l'excellent professeur de mathématiques que vous avez été, savent, mieux que leur serviteur, à quel degré presque tout repose sur le crédit, serait-ce la morale. L'Islam a failli vaincre, autrefois, parce que chacun de ses fidèles portait partout sa ferveur simple sous l'étendard du « Commandeur des Croyants ». Je postule plus de scepticisme, mais à la condition qu'il

cherche, — je ne le dirai jamais assez. Si le
croyant tendait à élargir sa foi et l'incroyant à
approfondir sa réserve, ils se rencontreraient
peut-être vers autre chose qui, devenu petit à
petit ce que nous attendons sans le définir, réas-
surerait la marche plus normale, moins inter-
mittente, régulière, du monde. J'ai peur qu'il en
ait grand besoin, plus encore qu'il y a quatre
ans. La dissolution des dernières forteresses de
la conscience se poursuit avec une insistance
permanente dans la réussite de sa sape qui
devrait avertir les plus négligents, et ce n'est
pas l'abus des cérémonies officielles, même légi-
times, comme celle du Onze Novembre, ni la
banalité des propos débités à leur occasion, qui
parviendront à y remédier. Le scandale perma-
nent de leur excès finit au contraire par irriter.
La question véritable ne réside pas là. Il s'agit
de dire : oui et non. Oui au vrai, non à l'absurde.
Ce n'est pas le scepticisme qui nous y décidera.
Améliorer le réel dans le sens de ce qu'il demande,
afin de préserver le meilleur, est le moyen de
rendre superflues, bientôt désertées, toutes les
exagérations qui naissent de notre paresse, se
développent du fait de notre doute, triomphent,
enfin, par notre abstention croissante, soi-disant
supérieure, devant les exigences nouvelles de la
vie. « Changer la pomme sauvage en pomme de
reinette, le loup et le renard en chiens domesti-

ques, le cheval de bataille de Henri IV en cheval de trait et en cheval de course, voilà qui est réel », disait déjà, vers 1908, je crois, Bernard Shaw, dans le *Bréviaire du Révolutionnaire*. Il ajoutait : « Ce qu'on peut faire avec un loup, on peut le faire avec un homme... On ne demande pas une surpomme, mais une pomme mangeable ». Vouloir avec discernement procure déjà l'éventualité d'un programme. Or, on ne veut pas à fond, tandis qu'on s'occupe surtout à nier. Les résultats du suffrage universel, qui intéressent de moins en moins, avant de déconcerter de plus en plus, le prouvent, au point que si on n'arrive pas à dompter tout ce qui le corrompt, le restreint ou l'empêche, les différents procédés de la Brute qui le terrasse au degré le plus inférieur finiront par le tuer à la faveur du mensonge qu'enregistre, à la longue, son bulletin de vote. La Brute, au surplus, n'est pas du côté que l'on pense ; elle se dissémine et opère de toutes parts.

La force de l'attitude résolument intellectualiste, bien entendu étayée par un courage viril, vient de ce qu'elle domine la vie dans presque tous ses événements. Voilà sa vertu. Un pareil viatique vaut que chacun se façonne à son goût l'armature intérieure qui le maintient. C'est le cas pour A. Boutin, et après avoir révélé son savoir financier, j'ajouterai que la pratique qu'il possède des valeurs d'affaires où il s'agit de tout calculer au plus près, faute de désastre, a dû, sans qu'il s'en doute, influencer la rigueur déductive de sa pensée si claire, à laquelle je vais abanbonner le lecteur, — enfin ! — dans un instant.

Mais ce qui se passe en Russie continue à souligner d'un trait rouge, double, à la fois la force et le danger d'une Foi. Nous devrions méditer un exemple si significatif. Les divers observateurs qui nous en ont parlé sont unanimes à ce sujet, de Luc Durtain à Andrée Viollis, de Duhamel à Fabre-Luce, et celui-ci, qui tient le plus au mécanisme du vieux monde, tout en le reconnaissant irrémédiablement compromis par l'impéritie coupable de ceux qui le conduisent, n'a pas dissimulé ses craintes. Aucun salut pour nous tous, si nous ne retrouvons pas nos raisons de vivre, d'agir, de dégager dans l'ordre, et par lui, — faute que la Révolution s'en charge, — ce qui devrait être, c'est-à-dire, au bout du compte, faute de croire. Entre l'Amérique, desséchée par les affaires, et la Russie soviétique, éventrée par les rêves, le concept de la civilisation méditerranéenne et européenne apparaît voué à la dissolution s'il se contente de sourire, d'une part, en niant le sérieux de la vie, de l'autre, les possibilités de l'espérance, la culture répartie, les données spirituelles, mêlées aux grandes périodes du travail matériel et du travail intellectuel, qui avaient assuré ses assises, puis, par leur permanence maintenue à travers les tempêtes civiles, sa progressive pérennité. Il est temps encore de nous ressaisir. Demain, — un lendemain proche, — il sera trop tard.

Si le temps ne m'avait fait défaut, — comment se réserver désormais des heures silencieuses à volonté ? — je me serais permis de noter ma manière de voir en caractères réduits, microscopiques, devant chacune de ces pensées lapidaires, de même qu'on entourait un diamant, jadis, d'une poussière de roses pour en mieux faire éclater, s'imaginait-on, la limpidité souveraine, la valeur et l'excellence ? Ce que je n'ai pu réaliser cette fois, pourra, vraisemblablement, être tenté lors du recueil suivant. A l'auteur d'en retenir l'idée ; l'esquisse du vrai se préparerait, peut-être, entre nos deux examens, comme au couloir, plus ou moins élargi, de nos oppositions fraternelles.

ANDRÉ LEBEY.

14 et 17 novembre, 3 décembre 1927.

PENSÉES

294

L'univers a-t-il d'autre existence certaine que sa représentation dans une
conscience? La mort abolissant une conscience anéantit totalement l'univers pour
cette conscience. Ce devrait être là pensée
consolante pour qui va mourir.

295

En recherchant la vérité on risque de
rencontrer l'erreur; mais c'est un piètre
moyen d'éviter l'erreur que s'interdire la
recherche de la vérité.

296

Nos jugements se motivent par ce que nous savons, et bien plus encore par ce nous ignorons, mais croyons savoir.

297

Parce qu'elle est devenue coutume ou tradition, l'erreur ancienne n'est pas devenue vérité.

298

...Qu'est-ce que la philosophie ? Un recueil de questions posées, pas toujours de façon intelligible, et qui attendent leur solution depuis trois mille ans ; une collection d'inquiétudes intellectuelles.

299

En dehors de la science, il n'est pas de certitude. Il n'est plus que convictions, opinions, croyances, c'est-à-dire choses essentiellement sujettes à controverse.

300

La science n'est pas une fille dont le premier passant venu lève la jupe. C'est une personne sévère qui veut des amants assidus et constants; encore ne leur dévoile-t-elle qu'avec difficulté quelques secrets.

301

La science a cela de fâcheux que pour la connaître, il faut prendre la peine de l'apprendre. Avec un peu de goût et quelque lecture, on peut parler suffisamment de littérature, art ou musique.

302

Les grandeurs mesurables ne souffrent pas la discussion ; la mesure tranchant les différends. Volontiers on traite dans la rigueur les qualités esthétiques, intellectuelles ou morales. Ce sont grandeurs, en ce sens qu'elles sont susceptibles de plus et de moins, d'augmentation et de dimi-

nution. Ce ne sont pas des grandeurs
mesurables ; elles ne relèvent donc que de
l'opinion et alimentent des controverses
que rien ne peut trancher.

303

Dieu paraît irrémédiablement sourd ;
toujours est-il qu'il est imperturbable-
ment muet. Innombrables ceux qui affirment parler en son nom, lui prêtant les
pensées et les propos les plus certaine-
ment contradictoires. Ont-ils donc pouvoirs de Dieu de dire en son nom tant de
sottises ? Que ne nous montrent-ils ces
pouvoirs ?

304

La définition est nécessaire à la précision du langage ; elle est difficile souvent,
impossible parfois. Ne pas oublier que le
mot désigne, mais n'explique pas. Une
bonne définition est la plaque au coin
des rues, le numéro sur la maison ; pla-

que et numéro indiquent nettement de quelle maison l'on parle ; ils ne donnent aucun renseignement sur ce qui se passe à l'intérieur de cette maison.

305

La définition suppose une connaissance préalable et suffisante de l'objet à définir. Elle devrait venir logiquement à la fin d'un traité, alors qu'habituellement elle est placée au début.

Une dame, jeune et charmante, me demande, en fin de dîner : « Qu'est-ce donc que ce fameux *Calcul Différentiel et Intégral*, dont j'ai plusieurs fois entendu parler ? » Je demeure interdit. Evidemment, la dame me croit un sot incapable de lui donner une définition claire, ou un cuistre insolent la jugeant incapable de comprendre uue pareille définition.

306

Combien il est ridicule d'attacher une idée de moralité à des actes qui n'en

sont pas susceptibles et sont en soi indif-
férents ! Singulière morale, qui dépend
du fait de manger tel jour hareng ou jam-
bon, pour laquelle tel geste est faute grave
à onze heures ou avec Paul et devient
devoir conjugal à midi ou avec Pierre.

307

Désirez le bien, rêvez le mieux. Malheur
à qui n'a pas rêvé plus de bonheur qu'il
n'a droit d'espérer en atteindre.

308

Il faut avoir un idéal, et un idéal élevé ;
encore convient-il de ne le placer ni dans
l'inaccessible, ni dans l'absolu, ce qui
exposerait à vivre dans une agitation in-
quiète, à tomber dans la plus désolante
déception.

309

Passant la main sur mes épaules, je me
suis aperçu que je n'avais pas d'ailes.

Passant la main sur les épaules des plus
exquises créatures que j'ai connues, j'ai
constaté qu'elles non plus n'avaient pas
d'ailes.

310

Où donc est le bonheur? L'homme est
bien étroitement limité. Quoi que tu fasses,
tes joies et tes douleurs tiendront toujours entre tes bottines et ton chapeau.

311

On n'est heureux ou malheureux que
par comparaison, par rapport à de moins
heureux ou de plus malheureux.

312

Qui donc est heureux ? Le jeune ignore,
le vieillard regrette, le pauvre souffre, le
riche s'ennuie. Nos plaisirs sont puérils
et précaires ; nos douleurs sont certaines.

313

Compatir, *souffrir avec*, le plus beau mot du langage humain. Le dévot l'ignore, y substituant la notion glacée du devoir d'assistance.

314

Réunir sur soi toute la douleur humaine, en ayant la certitude qu'alors personne autre ne souffre, ne serait-ce pas être le plus heureux des hommes ?

315

Une curiosité intellectuelle a visée creuse et précise les grands problèmes sociaux ; ce n'est que la foi et l'amour qui les résolvent, — ou les résoudront.

316

On est bon de nature, et non par conclusion d'un syllogisme.

317

Qu'importe qu'une pierre fastueuse couvre ma tombe ? Qu'importe qu'y poussent les herbes folles ? En serai-je moins mort ?

318

Il est de notre imperfection de ne voir qu'un aspect de la vérité. Il est de notre orgueil d'affirmer que cet aspect est la vérité tout entière.

319

La calomnie trouve toujours des oreilles complaisamment accueillantes ; l'éloge se reçoit moins aisément et se discute.

320

Ami, un conseil ? Quelle détermination dois-je prendre ?... Non. C'est *ton* avis que tu désires m'entendre te donner, et

cela en vue de m'infliger une grande part
de responsabilité, si les conséquences de
la détermination que tu as à prendre ne
sont pas celles que tu en attends.

321

M'as-tu consulté avant de faire une
sottise? Pourquoi maintenant exiges-tu de
moi mille démarches en vue de la
réparer?

322

C'est avec de jeunes sots que le temps
fait des vieillards imbéciles.

323

Les jeunes gens ont tort de croire que
les vieillards sont nécessairement d'insupportables rabâcheurs incapables de rien
comprendre. Les vieillards ont tort de
croire que les jeunes gens sont nécessai-

rement de petits sots ignorants et préten-
tieux.

324

La jeunesse a droit aux plus souriantes
indulgences. Il convient en outre de lui
accorder les plus larges crédits. C'est en
lui prêtant, ou en lui supposant, les qualités que l'on souhaite lui voir acquérir,
qu'on lui suggère le désir de les acquérir
en effet.

325

C'est à juste titre que l'on préfère en
général la société des jeunes gens à celle
des vieillards, que l'on recherche davantage les bien portants que les malades,
ceux qui ont l'humeur gaie que ceux qui
l'ont morose.

326

La jeunesse s'engage aisément, puis
elle tient moins qu'elle n'a promis,

327

A vieillir on perd beaucoup d'occasions de joie, on gagne beaucoup d'occasions de tristesse.

328

Si quelque singe facétieux mêlait les cordes d'un piano et les serrait à sa guise, on aurait un instrument singulièrement désaccordé. Quel singe facétieux a donc formé le cerveau de Jean-Jacques Rousseau, l'esprit le plus obstinément faux qui soit ?

329

Volontiers je classerais, littérairement parlant, les hommes en deux catégories : les admirateurs passionnés de Victor Hugo, et les irrémédiables imbéciles.

330

Il faut lire Sainte-Beuve : il écrit bien. Le plus souvent il voit juste, quoique cherchant plus volontiers les défauts que les qualités, et quoique parfois il se soit lourdement trompé, surtout sur ses contemporains. Mais quelle aridité de cœur, quelle âme basse, et vile, et pustuleuse; quelle laide poche à fiel !

331

L'histoire n'a aucune valeur éducative pour les peuples : ils l'ignorent. Les gouvernants l'ignorent presque autant que les gouvernés, ou leurs intérêts immédiats enlèvent à la connaissance qu'ils en ont toute valeur éducative. L'histoire demeure donc un récit incohérent et fastidieux, fort ennuyeux pour les enfants des écoles, et ne piquant que la vaine curiosité de quelques vieillards.

332

J'ai visé le vrai; l'ai-je atteint? Ne me reproche pas d'avoir manqué à glorifier ton spendide idéal.

333

Reprochez à un auteur de n'avoir pas atteint le but qu'il se proposait d'atteindre. Ne lui reprochez pas de n'avoir pas fait l'ouvrage que vous auriez désiré qu'il fît.

334

L'érudition est faite de beaucoup de patience; elle ne demande que des esprits bornés et elle en fait des savants d'une certaine sorte.

335

Les érudits sont d'utiles ouvriers : ils rassemblent les briques et charroient le ciment. L'homme supérieur est l'architecte.

336

L'homme est un être sociable, en même temps qu'il est résolument individualiste. Cette opposition entre deux besoins essen-

tiels de notre nature n'est-elle pas à la
source de beaucoup de nos maux ?

337

Au nom d'une égalité chimérique les
démocraties imposent tyranniquement des
obligations contre lesquelles il convient
de se révolter, au nom de la liberté.

338

Beaucoup ont une grande soif d'égalité
qui se borne au seul désir de supprimer
des supériorités leur causant une sensa-
tion de gène humiliante. Les infériorités
peuvent subsister : elles ne portent pas
ombrage; mieux : elles font valoir.

339

Les politiciens d'extrême-gauche, s'il en
est de sincères, visent la raison, la justice
et la bonté, avec des armes qui ne peuvent

atteindre que la folie et l'iniquité dans le désordre et dans la ruine.

340

La place publique retentit des cris poussés par les pitres tapageurs ; ils exagèrent leurs grimaces, ils multiplient leurs cabrioles, leurs boniments étourdissants et prometteurs. Le peuple imbécile les entoure à rangs pressés, il les acclame, les nommera ses chefs et les suivra. Voyez-vous Pascal ou Renan rivaliser avec ces pitres, et faire leur cour à l'absurde Démos ? Ils seraient ridicules, et ils seraient hués.

341

En politique, on ne s'unit que pour détruire ; on se divise dès qu'il s'agit d'édifier.

342

Thèse communiste : Chacun produira selon ses forces et consommera selon ses besoins. Absurde, car chacun se reconnaîtra moins de forces que de besoins.

343

La pure doctrine est froide; c'est l'intérêt qui met de la passion dans les doctrines.

344

Sur trop de lèvres le mot de liberté n'est qu'une menace de servitude. C'est au nom de l'égalité qu'on étrangle la liberté. La fraternité n'est plus que clause de style en de vains discours.

345

Si la mauvaise foi devait disparaître de la terre, c'est du cœur des politiciens qu'elle disparaîtrait en dernier lieu.

346

L'impôt excessif est une pénalité qui frappe le travail, une prime à la paresse.

347

Pourquoi travailler si, moi vivant, l'impôt me prend le fruit de mon labeur? Pour qui épargner si, moi mort, l'impôt prend le fruit de mon épargne?

348

Ambition : désir morbide d'acquérir et de conserver le pouvoir. De grands cerveaux y emploient quelque grandeur; pour les plus nombreux, les médiocres, l'ambition ne s'accompagne que de bassesse, vanité, ruse, mensonge.

349

L'ambitieux est poussé par l'esprit de domination, esprit audacieux, effronté, ne connaissant guère la ligne droite, le scrupule, la conscience, mais s'accommodant fort bien de chemins tortueux, d'impitoyable cruauté pour les faibles, de flagornerie envers les puissants. Le bien public, l'intérêt général, étiquettes mensongères que l'ambitieux colle sur ses actes les plus vils et les plus égoïstes.

350

Quel harmonieux accord entre tes opinions et tes intérêts ! Ne serait-ce pas que tes intérêts t'ont dicté tes opinions ?

351

Toute éducation consiste exclusivement à faire contracter des habitudes.

352

L'éducation des filles ? Puérilités, coquetterie, louanges exagérées. Les parents

font effort pour que les yeux des filles
soient bien clos et leurs oreilles bouchées,
d'ailleurs avec un médiocre succès.

Résultat : la jeune fille. Etre hybride,
sans la fraîche ingénuité de l'enfant, sans
le charme acquis et affirmé de la femme,
possède cependant l'attrait réel de la jeunesse et d'un peu de mystère. Minaude-
rie, afféterie, fatuité exaspérée, égoïsme
effarant bien que candide, dédain de ce
qui n'est pas elle ; conviction que l'axe du
monde passe par son nombril, que seule
elle est bâtie comme elle est bâtie, qu'elle
est donc une incomparable merveille, que
le livre à peu près fermé qu'elle est,
enferme, en ses pages moins blanches
que salies, la recette jusqu'alors inconnue
des trésors inouïs de bonheur qui lui sont
dus, ou dont elle sera l'orgueilleuse et
généreuse dispensatrice, ce qui ne peut
manquer de lui valoir les témoignages
sans cesse renouvelés de la plus légitime,
la plus éperdue, la plus éternelle recon-
naissance. Niaise, même lorsqu'elle n'est
pas sotte. Manquant de naturel, toujours
devant le trou du souffleur, cherchant

l'effet produit, recherchant l'effet à produire. Quelque peu hypocrite : jouant l'ignorance, cachant avec soin ou maladresse ce qu'elle sait fort bien, affichant effrontément ce qu'elle ignore, mais croit savoir ; plus de curiosité perverse qu'un collégien vicieux.

Elle a vraiment besoin que quelque homme complaisant, courageux, aveugle et dévoué, lui enseigne enfin comment l'esprit vient aux filles. Quelle femme alors sortira de cette étrange chrysalide ? Bien fin qui le dirait !

353

Confession surprise sur les lèvres de plusieurs femmes distinguées: « Mon Dieu ! Etais-je donc bête, lorsque j'étais jeune fille ! »

354

Jeunesse, santé, sont brillantes et séduisantes parures. Il faut qu'une fille de

seize ans, et de belle santé, soit bien laide
pour paraître laide.

355

Les hommes sont beaucoup plus timi-
des et ont beaucoup plus de pudeur que
les femmes ne croient.

Les femmes sont beaucoup moins timi-
des et ont beaucoup moins de pudeur que
les hommes ne pensent.

356

« Toutes les femmes sont pareilles et
interchangeables ». Propos de butor ou
de qui n'a connu que des filles.

Qu'importe le flacon, pourvu qu'on ait l'ivresse!

Pauvre Musset ! Tu savais pourtant bien
que seul le flacon importe; c'est le flacon
qui est générateur d'ivresse.

357

Les hommes ne comprennent rien aux femmes, disent-elles ; les femmes ne comprennent rien aux hommes, peuvent-ils dire. Ces incompréhensions tomberaient, si chacun avait fait un stage de quelques mois dans le sexe opposé. Mais le moyen ?

358

Pour un homme il est plus de chances de bonheur à épouser une veuve qu'une fille. Mauvaise affaire qu'essuyer les plâtres.

359

Le plus grand charme de la femme est-il souvent en elle ? N'est-il pas dans l'imagination de l'homme, dans son cœur, et moins haut ?

360

Il est deux groupes de femmes : les femmes honnêtes et les autres. Les autres envient les premières. Les honnêtes femmes ne méprisent pas les prostituées; elles les jalousent et les détestent. Chaque groupe est convaincu que, sur le terrain de l'amour, l'autre lui fait une concurrence déloyale.

361

Tout homme devrait savoir qu'il ne saurait être vil dans les bras d'une femme, mais qu'il y peut être, et y est souvent, maladroit et désagréable, par ignorance, par hâte égoïste et intempestive. Sur ce sujet, les hommes ont volontiers d'eux-mêmes une opinion plus avantageuse que justifiée, et ne se font pas faute de manifester cette opinion. Les femmes averties ont alors un sourire silencieux, malicieux et méprisant, fort instructif.

Hélas ! les vaniteux ne sont pas éducables.

362

Au petit banquet d'amour les femmes affectionnent les hors-d'œuvre, et aussi les desserts. Sot qui oublie les hors-d'œuvre, brutal qui oublie les desserts.

363

En amour, les femmes rencontrent beaucoup de déceptions. N'est-ce donc que cela?... De ces déceptions, l'homme accuse la frigidité de la femme, alors que, bien souvent, il devrait accuser sa maladresse, son incompréhension, son égoïsme impatient.

Il est quelques violons sans cordes, qu'aucun Paganini ne saurait faire vibrer; il est cependant moins de Paganinis que de violons. Tout homme se croit Paganini.

364

C'est prétendre concilier les inconciliables que vouloir faire vivre ensemble, sur le pied de paix, sa mère et son épouse, ou sa fille et une épouse nouvelle. Ces deux femmes sont nées rivales; chacune, la mère ou la fille, est profondément convaincue que ses droits à l'affection de l'homme étant antérieurs, sont très supérieurs à ceux de l'épouse, une étrangère, venue pour leur dérober un cœur devant leur appartenir exclusivement. Pour l'épouse, dans le premier cas; pour la fille, dans le second, la belle-mère n'est pas chose que l'on chansonne, mais chose terrible. Plaignons le malheureux écartelé.

365

Les larmes des femmes sont infiniment touchantes; elles ne le sont ni longtemps ni souvent, devenant vite agaçantes. Les femmes ont en leurs pleurs un puissant moyen d'action, mais dont l'action s'épuise vite; elles doivent donc en user rarement, et avec la plus grande discrétion.

366

Se vanter d'avoir posséder une femme !
Qu'est-il de plus odieux, si cela est faux ?
de plus ignoble, si cela est vrai ?

Une femme peut encore se défendre
contre le mensonge ; comment se défendre
contre la vérité ?

367

Que croire, lorsqu'il s'agit de la vertu
des femmes ? Telle se compromet à plaisir
à qui rien n'est à reprocher ; telle autre
à qui l'on donnerait le bon Dieu sans
confession, devrait être confessée tout
d'abord, ensuite de quoi on lui refuserait
le bon Dieu. Il est d'un galant homme de
ne croire que ce qu'il voit, et comme il ne
voit rien, il ne doit rien croire. Quel est
l'inconvénient de passer pour un naïf ?

368

Il faut user souvent de beaucoup
d'adresse et de patience pour déterminer

une femme à faire ce qu'elle a le plus vif désir de faire.

369

Il est imprudent de croire les hommes sur parole. Vous surtout, jeunes filles; cela pourrait vous mener un peu plus loin que vous ne voudriez aller. Ils ont un gros intérêt immédiat à vous tromper.

370

Elle te dit : « Je ne peux te résister ». Cela flatte ta vanité; cependant tu devrais traduire : « Mon ami, s'il se révèle plus tard quelques inconvénients, j'entends bien que tu en supportes toutes les responsabilités et les conséquences ».

371

Je sais, ô femme ! que mon amour s'exagère les qualités et masque tes défauts.

Je sais aussi que lorsque mon amour fai-
blira, tes qualités pâliront; heureux encore si je ne m'exagère alors tes défauts.

372

Il est des femmes d'intelligence et d'esprit; esprit et intelligence polis et brillants, fins, piquants, mais courts: des
aiguilles, plutôt que des épées.

373

Les jugements féminins sont souvent
assez justes, parfois brillants, mais superficiels; ils manquent de profondeur.

374

Les femmes intelligentes ne sont pas
féministes. Le féminisme agressif et tapa-
geur est la marque d'un cerveau borné.

375

Mme de Staël et George Sand, arguments de sottes primaires en faveur de l'émancipation des femmes. Comme auteurs, ces deux femmes valent ce qu'elles valent ; comme femmes, elles sont insupportables et grotesques.

376

Le féminisme conquérant conquiert-il du bonheur pour les femmes ? C'est chose discutable. Ce qui ne paraît guère discutable, c'est qu'il produit des femmes d'une prétention bavarde, ennuyeuse, et comique.

377

Vingt ans et l'amour conduisent un homme à trente ans et au mariage ; c'est-à-dire que ses petites folies le mènent à une grande sottise.

378

« Les femmes accordent bien davantage à l'entreprise qu'au mérite ». La remarque n'est pas nouvelle ; mais tu la fais avec une risible amertume. Attendais-tu donc qu'elles fissent violence à ta maladroite hésitation ? Qui t'empêcha d'oser ? Console-toi donc de n'avoir su oser en t'attribuant la grâce d'un grand mérite méconnu.

379

C'est un grand malheur pour les femmes de ne jamais entendre de vérités désagréables ou de n'y pas prêter attention. Un homme ne peut les leur dire ; la courtoisie élémentaire le lui interdit. De la part d'une femme la vérité désagréable a sa source dans la rivalité, la jalousie, le dépit ; c'est méchanceté pure. On ne saurait lui accorder le moindre crédit.

380

· Précision, concision, prévision, décision, ne sont guère qualités féminines; mais plutôt : confusion, prolixité, imprévoyance, hésitation.

381

La paix à tout prix! Cela consiste à payer tous les prix, sans avoir jamais la la paix.

382

La chasteté devient vite une médiocre vertu. C'est souvent une forme agressive de la laideur, une forme prédicante de l'impuissance, l'aspect hargneux d'une vieillesse qui n'a pas le courage d'accepter.

383

L'impuissant se dit chaste, et peut-être il le croit.

384

Les dévots austères et chastes ont une grande aridité de cœur, un orgueil pharisaïque, méprisant et sans indulgence. Ils se flattent d'être au-dessus de l'humanité; ils sont simplement en dehors de l'humanité.

385

Le dévot se prive de plaisirs certains en vue de bonheurs incertains, et, sans que sa moralité y gagne.

386

Amour et jalousie sont indépendants. Il est jalousie sans amour autant qu'amour sans jalousie. Les jaloux sont honteux de leur jalousie ; ils s'excusent en invoquant leur amour, estimant que c'est la seule excuse avouable.

387

La jalousie est congénitale, comme le naevus. L'amour n'est qu'une cause occasionnelle de la manifestation de cette infirmité.

388

L'infidélité possible frappe le jaloux dans son amour-propre, plus que dans son amour.

389

La jalousie est une forme exaspérée d'un instinct spécial de propriété.

390

Il n'est pire jalousie que des impuissants
et des disgraciés.

391

Il est un peu ridicule d'être trompé ; il
est cependant admissible que tous les
hommes le puissent être. Tous,... excepté
moi.

392

Le plus grand et peut-être le seul tort
de l'époux ou de l'épouse est d'être l'époux
ou l'épouse. Le plus grand et peut-être
le seul charme de l'amant et de la mal-
tresse est de n'être pas l'époux ou
l'épouse.

Combien d'hommes ne voudraient
jamais de leur maîtresse pour épouse !

393

L'infidélité, dans le mariage ou hors
mariage, ne vaut jamais un meurtre.

394

Le mari trompé dispose d'une terrible et raffinée vengeance : renvoyer à l'amant l'épouse infidèle. L'amant vengera cruellement le mari.

Il est fort agréable d'être l'amant d'une femme mariée : on la voit à intervalles rares et mesurés, et seulement pour le plaisir. Mais qu'à tout jamais un mari vous la mette sur les bras !... D'amant on devient époux, et ce n'est pas chose plaisante.

395

La loi impose la monogamie ; la nature ne l'impose guère. Les mœurs tempèrent par l'adultère la rigueur de la loi.

396

Le présomptueux ne voit pas, et croit sottement que les autres ne voient pas.

397

Nos défauts servent peut-être à l'éducation d'autrui ; ils ne servent pas à la nôtre. Toute notre vie nous boitons de la même jambe.

398

Ton œil est vigilant, mais ton âme est sèche, si tu sais compter toutes mes fautes et ne comptes curieusement que mes fautes.

399

Oh ! je sais bien que moi, je ne suis pas intelligent, je ne suis pas... De grâce, ami, ne me fatigue pas de l'étalage de tes défauts ou du récit de tes faiblesses. Si je les vois, c'est chose inutile ; et si je ne les vois pas, est-il donc besoin de m'ouvrir les yeux ?

400

La passion dicte nos jugements ; l'intérêt dicte nos opinions. Nos passions sont aveugles et sincères ; nos intérêts sont clairvoyants et hypocrites. C'est masqués qu'ils affirment bien haut parler au nom des principes.

401

Ne pas mêler l'amitié avec les affaires ; les affaires en souffriraient beaucoup, l'amitié davantage encore.

402

Statistique : forme chiffrée du mensonge.

403

Tolérance : fille aimable et légitime du scepticisme et de l'indifférence.

404

Il est vain de discuter de sa croyance avec un croyant. Celui-ci soustrait à tout examen critique l'objet de sa croyance, ou n'admet qu'une discussion illusoire, oiseuse, apologétique, imposant à ce simulacre de discussion une conclusion a priori dictée par sa croyance elle-même.

405

Les ignorants sont sincères qui de leurs croyances se font des certitudes. La vérité ne résulte pas d'une affirmation, mais d'une preuve.

406

Crie fort, plus fort encore. C'est un bon moyen pour toi d'avoir raison.

407

L'humanité? Incohérente et triste cohue de misérables imbéciles et aveugles, menée par une petite bande de fous ou de coquins.

408

Les animaux ne sont jamais ridicules : leurs gestes et attitudes sont *naturels*; ils ne posent pas. L'homme est assez souvent ridicule; la femme beaucoup plus souvent encore, étant presque toujours en représentation, en désir d'étonner la galerie.

409

Conseil à un médecin. Es-tu pressé en visitant un malade? Retire ton pardessus; ainsi tu ne donneras pas l'impression d'une visite écourtée.

410

Au même. Arrivant en consultation, dirige-toi immédiatement vers le lit du malade ; examine, ausculte, rédige ton ordonnance. Ensuite seulement, tu pourras regarder les murs, tableaux, gravures, bibelots, et faire quelque compliment discret.

411

Au même. Il est sept heures, tu es fatigué, tu vas dîner : on te réclame d'urgence. Demande de quel malade il s'agit.

Si c'est d'un vieux père ou d'une vieille mère, dîne tranquillement et savoure ton café, même un cigare. Arriverait-il quelque dénouement fatal avant ta visite : ce ne serait pas très important. On ne s'apercevra pas de ton retard.

S'il s'agit d'une épouse ou d'un époux, dîne un peu vite, et laisse ton café pour ton retour. On excusera un certain retard.

S'agit-il d'un enfant : pars immédiatement. On ne te pardonnerait pas une minute de retard.

412

Le remords est le préjugé puéril, inutile et craintif d'un cœur faible; il est, si on peut dire, un accident secondaire et tardif de la faute, habituellement impuissant à prévenir la récidive. Au plaisir de la récidive de la faute, le coupable ajoutera volontiers la joie orgueilleuse d'une récidive du remords, et se l'imputera à diminution de culpabilité.

413

Ce que d'autres disent est rarement intéressant, ou l'est peu; ce que nous disons l'est toujours, et beaucoup.

Qui nous parle ne fait pas toujours preuve d'intelligence; mais qui nous écoute avec quelque attention fournit une preuve manifeste de son intelligence et de son bon goût

414

Es-tu modeste de ne jamais agir en vue
d'obtenir le suffrage d'autrui ? N'est-ce
pas orgueil de qui, méprisant l'opinion
publique, n'accorde de valeur qu'à son
propre jugement ?

415

L'intelligence est la mesure de ce que
l'on pourrait appeler la sensibilité de la
conscience. Un être n'est heureux ou
malheureux qu'en raison de son intelligence. L'homme supérieur a des joies et
des douleurs que le vulgaire ignore ; il ne
les changerait pas pour un ensemble
moindre de joies et de douleurs.

416

Les ignorants et les médiocres n'admi-
rent ni la Yungfrau ni le génie. A leurs
yeux déconcertés, ce sont là choses exces-

-sives et inutiles, dont la terre et l'huma-
-nité se seraient fort bien passées.

417

Fatigué par les innombrables bavards,
j'ai quelque joie à être le silencieux.

418

A qui fuit dans la forêt ou sur la grève
l'odieux tumulte des hommes et des villes,
le silence et la solitude sont une sensa-
tion délicieuse.

419

Sur les sommets visités des seuls aigles,
la foule n'accède point. On y respire un
air pur; dans un silence infini, on y peut
méditer en paix. Mais il y fait bien froid,
et l'on y est bien seul.

420

Les heures de lassitude doivent être des heures de solitude. Aux heures de lassitude, plus qu'à d'autres heures, le contact toujours pénible de la sottise humaine devient une souffrance.

421

La bienfaisance est un art difficile à exercer ; il y faut beaucoup de bonté, plus encore de discernement. Faute de discernement, la bienfaisance aboutit à ce fâcheux résultat : prendre des pauvres pour en faire des mendiants.

422

Tout acte comporte : réflexion, décision, exécution. La réflexion peut demander du temps ; la décision doit être prompte et l'exécution rapide. Indécision, exécution languissante, laissent passer l'heure opportune ; les conditions ont évolué, l'acte arrive trop tard pour donner tous les résultats qu'on en peut attendre. *Trop tard*, mot qui clot toutes les paresses et ouvre toutes les révolutions.

423

Franchise ? Assez souvent arme empoisonnée, dont un jaloux croit adroit de se servir contre ses meilleurs amis.

424

« Je suis franc ». Précaution oratoire, qu'il faut traduire : « Je vous dirai quelque chose de très désagréable, et vous ne vous fâcherez pas. »

425

La passion arrive rapidement à des états exaspérés mais transitoires, à des altitudes exceptionnelles auxquelles elle ne saurait se maintenir. On peut parvenir au sommet de la Tour Eiffel, et même de la Yungfrau ; on n'y demeure pas. Après un court séjour il faut en descendre.

En amour, où il y a toujours une victime, la victime n'est pas celui qui descend le premier.

426

Il y a longtemps qu'Ahriman a vaincu Ormuzd. Ce dernier ne paraît pas prêt de prendre sa revanche : c'est l'esprit du mal qui mène le monde.

427

Ils ne présentent aucun attrait ces médiocres, dont l'esprit est une médaille sans effigie, qui sont toujours de l'avis de celui qui parle, et disent : *Amen* à toutes les messes.

428

L'utile ne se confond pas avec le vrai.

429

C'est la raison qui juge, et elle seule doit juger. Le sentiment n'intervient que pour troubler la raison et fausser les jugements.

430

Les jugements de la raison sont inexorables et étroits. En matière de justice, la raison juge le fait; mais c'est le sentiment qui jugera l'homme, c'est-à-dire les circonstances du fait, et celles-ci seront parfois atténuantes. L'indulgence introduit l'équité dans la justice. *Summum jus...*

431

La misanthropie est la réaction de défense d'une sensibilité qui souffre de la sottise et de la méchanceté universelles.

432

Il n'est pas bon que l'honnête homme
soit pris pour dupe par le mufle innom-
brable. Il convient que celui-ci s'aperçoive
que celui-là s'aperçoit; d'où l'amertume
de certains dégoûts.

433

Certains défauts : bavardages inconsi-
dérés, interventions indiscrètes, gâtent
d'excellentes qualités, déconcertent les
meilleures volontés et rendent insupportables ceux qui en sont affligés. Ils peuvent s'attirer des sympathies; ils ne savent
pas fixer les amitiés.

434

O femme! Tu es injuste et insolente,
parce que tu sais pouvoir l'être impuné-
ment.

Abus de la force : lâcheté. Abus de la
faiblesse : lâcheté aussi. Combat déloyal

où l'on profite sans risque et dans une impunité certaine d'un avantage devant lequel l'autre est désarmé.

435

« J'écris comme je parle ». — Non ; ou tu écris mal, même si tu parles bien.

436

Quelques hommes croient que la liberté est une belle fille que des méchants tiennent captive dans un affreux cachot. Nouveaux preux, armons-nous, courons, délivrons la captive, installons-la, superbe et triomphante, sur un autel où il ne nous restera plus qu'à la vénérer. Combien nous sommes coupables de ne l'avoir encore fait !

Mais où donc est le cachot ? et qui sont les méchants geôliers ? Craignons qu'après de longs efforts et d'épuisantes recherches, nous ne découvrions qu'un cachot vide. Ainsi pendant deux siècles emportés par leur foi, les croisés se sont vaillamment battus, acharnés à la chimérique conquête de quoi ? D'un tombeau vide !

La liberté n'est pas à l'extérieur ; elle est en chacun de nous, c'est la volonté d'être libre.

437

L'univers ne dispose d'aucune place pour l'arbitraire. Aussi ne puis-je croire qu'à des nécessités et n'attendre que le néant.

438

Les honneurs injustement prodigués sont discrédités et avilis ; ils n'honorent plus, devenus une fausse monnaie que même la vanité méprise.

Janvier 1928.

IMPRIMERIE LÉVY
17, RUE DES MARTYRS
PARIS